6Y3N

2193

輕晨電

　　總覺得在一片搖滾吶喊的衝撞裡，應該要有一些輕輕的聲音重量讓耳朵們選擇……。
輕晨電本來只是想輕描淡寫地說一些每天睡前或醒來偷偷跑進腦袋的小想法，偶爾卻因為沿路風景招搖而峰迴路轉。我們的音樂帶了一點點電子，一點點後搖，一點點流行，一點點另類和很多很多感覺，在這個橫衝直撞的世界裡，不如一起輕度沉澱吧！

輕晨電是由主唱 — 隋玲、吉他手 — 以豪、鍵盤手 — 小英、貝斯手 — 孟書、鼓手 — 大開，所組成的輕電子後搖樂團。花了一年的時間尋找團員後，又花了一年時間關在練團室裡磨合。二〇一〇年底某天，決定揹起樂器帶著二首創作出去闖闖，從 open jam 開始，第二次公開表演即收到售票演出邀約。當時的團員不敢讓邀請單位知道輕晨電只有二首歌，在寒冬的 Live house 門口召開緊急會議決定接或不接？最後達成共識，推派團長以豪戰戰兢兢接下挑戰，隨後在短時間內衝出四首新歌，二個月後站上舞台，正式開始表演生涯。從此定期在各大 Live house 及音樂祭演出。

表演初期，樂團曾經遭遇聽眾僅有五人的窘境，形成五打五的局面。卻在那一場演出中，真正學會表演是怎麼一回事，感受痛快，直到深夜仍大聲唱歌而被報警驅離……。

輕晨電的團員各自擁有與生俱來的另類魅力與能力 —

主唱：隋玲
天蠍座 B 型上昇雙子，總是給人有距離感但其實認識後我是個很有溫度的人，多愁善感，別人都覺得我應該是個很精明的人但其實我有時蠻呆的，總是告訴自己要堅強，喜歡小動物。

吉他手：以豪
我是一個……相信這世界但卻又愛處處擔心的人。看起來傻傻的其實超級聰明，吧。

鍵盤手：小英
應該算是隨遇而安的人，覺得開心就可以了，沒什麼耐性，但對在意的事卻又很龜毛，需要大量睡眠，喜歡吃冰，但年紀大了有稍微克制些，每天都要閱讀 PTT，蠻喜歡旅遊，接下來想去俄羅斯或北韓，所以最近在研究中俄蒙韓之間的關係，以及如何從北韓的飯店偷跑到街上逛，沒了。

貝斯手：孟書
覺得自己是有一點懶散，可是又很喜歡做一些事的人，早上醒來有時候都恨不得自己是一隻毛毛蟲。要說關於我的話，還真的要好好想一下，因為就我自己對自己的了解，實在很懶得花時間去思考自己到底是什麼樣的人，但經一些旁人的旁敲側擊和有時夜半的沉思，自己應該是有一點奇怪的人吧！有悶也有奔放的一面，然後算是有時想法還滿直線式的，最近的興趣是照顧好陽台的盆栽、試圖當好綠手指。

鼓手：大開
我是一個一不小心就想太多的人！若是專注在某個當下倒是可以脫離苦海，但比較悠閒的時光就是個挑戰了呢！

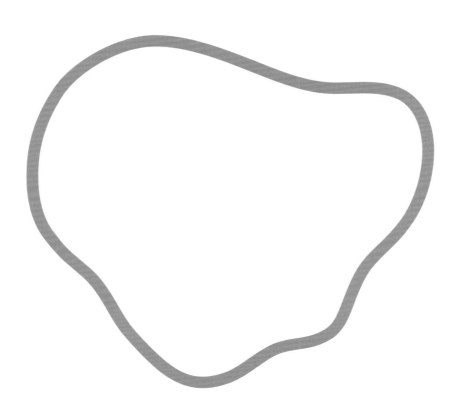

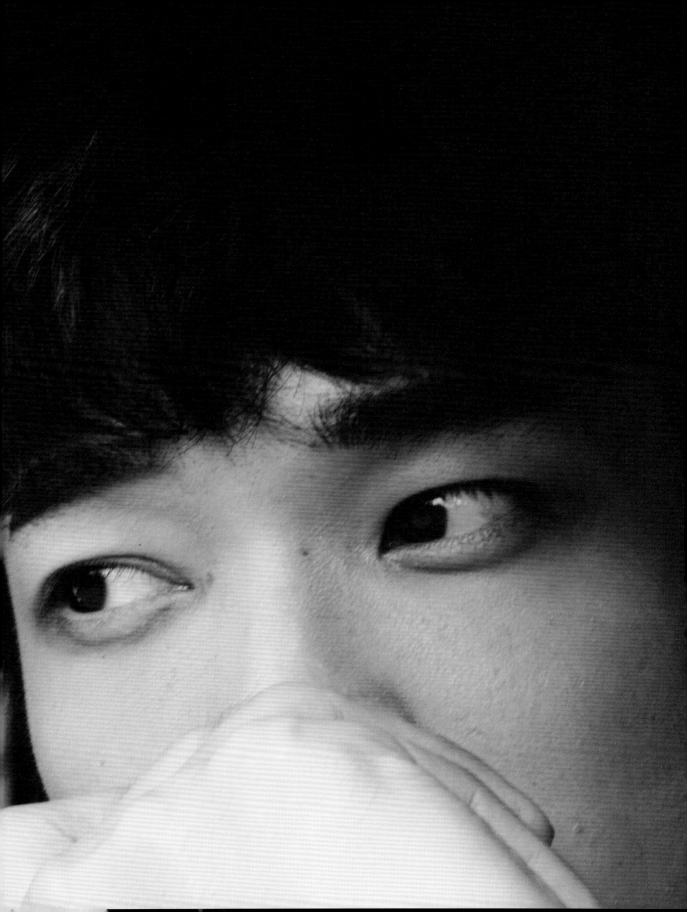

以　豪

輕晨電。這份手稿一直不知道該怎麼完成，最後決定在一個沒有工作靜靜的早晨，聽著一點音樂；在頂樓的露台上開始回想。五年的時間不算長，但這五年間確實發生了許多事情，記得當初聽到公司希望組一個樂團時，真的很開心！很高興！那時候我只抱持著不用每天待在家等casting；不用拿著外文參考書到圖書館自修，因為我內心明白我真的不喜歡只能等待的苦悶感。

甄選的時候我自彈自唱杰倫哥的《稻香》，口袋還放著出門前抓的一把米（想說這樣有些神力...吧？）因為吉他技巧並不好，當時真的需要一些勇氣和運氣吧～不過很幸運的我被選上了，但不知道為什麼最後也只有我一個人？哈哈哈，只有我一個人，所以很理所應當的就成了一人樂團的隊長，而後，公司開始對外甄選，經過了好幾個月，就像收集神奇寶貝一樣，陸陸續續收集完成！進來的順序不太記得了，但我很確定最後一位是大彌！哈～（這件事好像大家都知道）

輕晨電。這三個字，我真的喜歡，也很適合我們，輕輕的帶點慵懶的電子，而早晨的溫度是舒服迷人的，空氣很新鮮，感覺一切都充滿了希望；而這三個字是公司送給我們的，真的很謝謝公司，還有我們的經紀人咪姐；因為我們在自己選詞彙的時候，怎麼想都覺得很怪異又荒謬；什麼紅方塊？鹿什麼草？？10？？十轉？？？也想過是不是要取伊林的諧音，但內心當然是拜託不要啊！！~不是不愛伊林，只是名字這樣真的很怪；經過這樣的過程，我們五個人都非常珍惜這個名字。輕。晨。電。

關於夢想。在還沒有組團前，老實說我並沒有太真切的夢想，但我一直抱持著一個信念，輕晨電就像一艘方舟，它一定可以帶我們前往某個地方；而我們五個人就像海賊王的夥伴們，可以一起哭一起笑，一起面對未知的所有問題還有挑戰。當然，現實與夢想像或許有些差距，這五年來我們經歷了許多，中間也包含一直在找尋合適的鼓手，最後謝謝大喵小朋友的加入，在迷惘之前我認為輕晨電就像睡著的大雄，而一直陪我們走過的朋友亦粉絲就像是哆啦A夢

大雄是很安靜的存在，有時候在打瞌睡，有時候考試不及格，但每次都可以跟哆啦A夢巧妙的度過挑戰創作出許多有意思的音樂。而這些時間裡我們或許想法單純並不是那麼成熟，經由這次的巡迴我想我們慢慢醒了過來；我們就像五種不同的声音，彼此認識彼此去理解在創作过程中的摩擦与不完美，我想，輕晨電同時也在努力認識自己，繼續学習与前進，讓五種声音繼續碰撞出更棒的音樂一起冒險是同充滿未知的旅程～～～

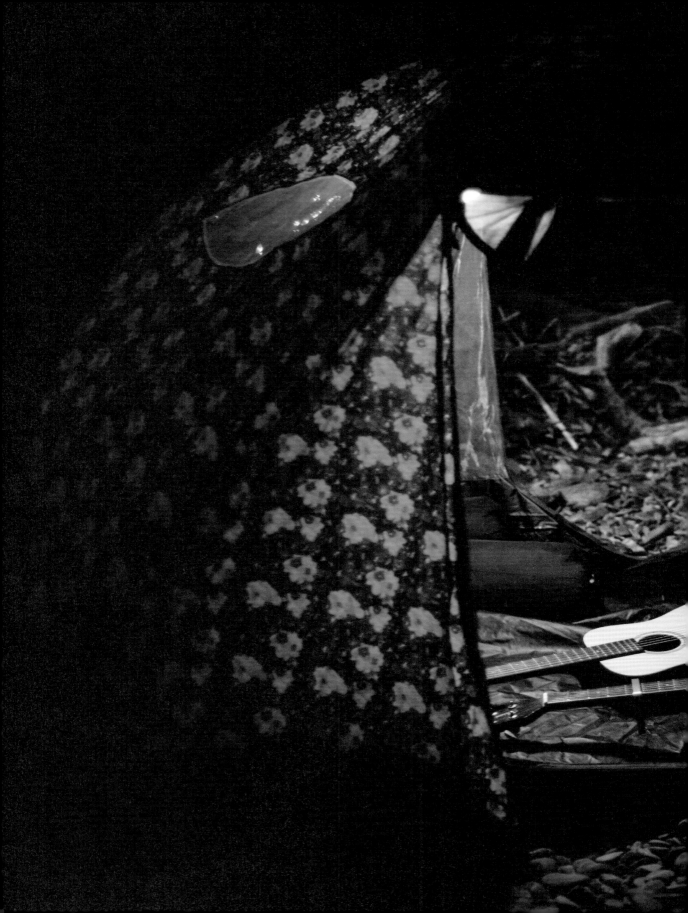

孟書

剛好在寫這篇文章之前，在小巷樓下遇到一个穿polo衫短褲的老人，行動略為不便，走路方式是以緩緩一小步一小步的踱步往前移動，嘴裡微微好像在說些什麼，陸續發出沙啞低沉的短嗓音，他手裡拿著手機，應該不是在抓pokemo，老人以這樣的型態距離我一公尺橫向的越過我，這時腦袋閃過一個小小念頭，老了以後的我會是什麼樣子？但還真的只是閃過一下，就上樓寫這篇文章。

如果要說到我是怎麼開始和音樂產生連結的，最早應該可以回朔到小學的時候，我小學本來是溜冰的社員，某一天聽袁妍說國樂班在徵選學士，我也不知為何，產生了某一種興趣或者是好奇，跟著一起去了國樂班的學生徵選，因此退出了溜冰社加入了國樂班(當時學校課程只能二選一)，學習的樂器是胡琴(因為老師看了我的手覺得我手指短，分配我去學胡琴，可能手指短比較適合胡琴？)。 ，胡琴就類似像這樣，還有很多種類型如ex= (圓)。

小學的生活現在回想起來好像是我熱愛樣仿類學習的時期，如股票投資般的隨時都在關注與投入，那時候很流行卡通漫畫美少女戰士，我就拼命的畫美少女戰士(尤其是月光仙子，但那時偏好天王星，冥王星仙子"冥王星這星球前陣子被降級了！默默的影響了我心中冥王星仙子的帥氣感，但沒關係！)，然後，追求一種畫的越像越好，by the way 沒有原因。加入國樂班後也是，練習胡琴是有固定譜式的，然後我就以畫美少女戰士的動力，同時也用來練習胡琴，然後開始追求在固定譜式裡，胡琴的技巧要越精巧越好，不知不覺間，出乎我意料之外的當上了樂團首席，從此，扮演學校國樂團首席的角色一路從小學到國中畢業為止。

然而因為同時要練習樂器和兼顧課業，幾乎是早上一起床到晚上睡覺前都在練琴和上課、唸書，幾乎沒有什麼休閒時間，也可以說是腦袋一片空白、像是機器人一樣按表操課，不經思考。那時我的爸爸、媽媽、姊姊、阿姨、阿丈家人們都非常關心我，很擔心對還是一個小孩的我來說、這樣是不是太累了。但回想起來，其實還滿懷念那時候的，我國中時是個體罰盛行的年代，當演奏樂譜錯了還是怎麼的，可能就要沿著操場蛙跳、起立蹲下100下之類的，聽起來很誇張，但那時還真的是這樣、然而當然被體罰的我們，也有偷懶的方法，趁老師眼界不在操場時站起來跑遠一點，這樣就可以蛙跳少一點，現在想起來都是很荒謬、很有趣的回憶！

操場跑道

以人的操場很多小
離有比較各類種

而那時候的朋友可能也許是革命情感、畢業後大家還是感情很好。但那時我不是全然那麼歡樂了，因為我是樂團首席的關係，同時也有其他競爭首席的同學，我就像是把自己的心冰凍起來一樣，感覺好像這樣就能對於競爭之中的攻擊感到麻木、盡可能無感。在後來上了高中以後、脫離了國樂班的生活，我就好像開始產生對以往的反抗、像是脫了繩繩的想回到野生生活的動物（說到這，替本屆奧運吉祥物感到惋惜）。

於是台南人，高中就讀的是鋪姊（就是那所曾經朝會時大家一起脫制服裙秀出運動褲以表明態度上了報紙頭條的學校，可惜那時已經畢業了不然真想參與）。高中時加入了熱音社，開始練電吉他。一樣、我也拿出了畫美少女戰士的動力，盡量練好電吉他，但可能因為想回到野生生活的模式已經啟動，再也不想回到類似軍營的學區，那時比起練樂器我比較重視與社員們一起出去玩和鬼混，雖然是這樣，但我因此仍然與音樂緊緊的產生了連繫，

便在音樂的道路上持續著、一路走到了輕晨電。ゟゟゟゟゟ

或許是因為長大了、腦袋比起以前較不麻木不仁？漸漸萌生一些小想法、我開始覺得演奏樂器的技巧純不純熟這件事情、似乎沒有那麼重要、比起這個、我對對我而言悅耳的音樂比較有愛好。而我所喜歡的悅耳、已經將演奏技巧這硬這件事情遠遠的拋諸腦後、也許是對兒時那類似某一種義務的反叛、也許是我覺得音樂有好多可能性、只要找到那種喜愛的共鳴聲、再單純的音等也是天籟、類似某一種像是被透析過了的純化水、就算少了天然健康的礦物質、當去牙醫看診時這就是所需要的純化水用以漱口。而我們、小菜有時候也會提醒著我、貝斯不用編太複雜。什麼是好什麼是不好、大家都知道這是沒有定論的、就如同我父某日對我說、"你要追求什麼？這個世界沒有答案。"、我永遠記得。而我覺得輕晨電也是如此一"在這世界沒有所謂一定答案的一定存在著"。～？🪐=

也許提過好幾次了、但還是想說一下我最喜歡的樂團是日本的Fishmans、他們的音樂表演、深深的吸引著我、那樣的魅力總是讓我耳不抽動目不轉睛 不知如何是好、(若這樣的魅力可以收進寶貝球裡我還真的會去呢！) 最喜歡他們的baby blue 和土曜日の夜、我可以聽好多次、可能我真的是個有著浪漫靈魂或懶惰的人、就這樣聽、然後躺著發懶、或是跟貓玩到手受傷、在家宅一整天放空著就喜歡這樣覺得好放鬆。玩樂團、我最喜歡的也是像這樣的感覺、其實寫寫曲、寫寫詞編一些些貝斯、表演和演演戲、對我來說不是有壓力的事、反而是覺得滿放鬆的、就算是去找方Q練練貝斯、也會先吃一頓飽然後輕鬆的開工、或許這些種種真的是某些興趣吧！ 🪰

在音樂方面，我知道我的進步空間仍然好大，還有好多待發掘、待深進之處，當具有侵略性的鷹眼、或是期待性的注視呈現在自己眼前時，就能感受到這世界除了輕鬆玩樂之外還有執行開拓的責任，然而五人聚集一起的我們當跨過了以往的火花之後，未來還有什麼樣的可能性，是個未知、但我了解，輕晨電不管未來如何，對我來說就如美好的記簿，以往一頁一頁的淡忘著，往後的繼續記錄著…關於夢想或是未來、就如同之前一部知名電影所提到的，黑洞的奇異點是在看不到的視界之後，看不見就看視 ⊚ ﾟ ◦ 👀 ？ 吧！

但若有一條發光發熱的道路可以循踏著邁進，又能說有何不可？

我想儘可能的讓自己保持著快樂、持著感恩，所有支持著的人們的心，繼續的踏著未知之路，長居台北身為異鄉人的我，就算只有那一瞬燦爛都讓我覺得是回家的最佳捷徑。

孟書．2016．8．14．

小 英

一開始，應該只是想脫離原本的生活，而參加了輕晨電的面試（那時還沒有輕晨電這個團隊）。

那時是十幾，做場做了幾年（在店或活動演奏客人所需求的口水歌通常稱之為做場），同時也兼職婚禮樂師，彈慣了其他人的歌，我想彈彈自己的歌。當然，彈其他人的歌沒什麼不好，只是我討厭做一樣的事。

進了輕晨電後，發現我是團裡最大的（當時團員年紀是以二的等差級數遞減下去），音樂的熟捻也是較預的，理所當然的，我背負起了這個團大部分的責任。

這對我來說是困難的，從以前學生時期開始玩團一直到做場，在每個樂團中我一定是最嫩的那一個，我只喜歡表演，其餘練團編曲以及其他所有團務體及層面我都是憑感覺在做事，依自己的喜好決定一切，說難聽點叫可簡潔為敷衍，沒責任感。猶記得有過一任做場團，除了吉他手外其他四名團員都是雙子座（免指我），沒有貶低雙子的意思，但剛好我們四個都是雲霧型雙子，吉他手最後受不了退出，現在想想對那名吉他手挺不好意思，接下來接任的吉他手依然受不了我們，但這個沒有走，而是把我們其中三個雙子搞掉，真的是現世報。

話說回來，輕晨電之於我也算是現世報，以前發夢慣了，現在每一次擔起以前不想擔的責任，從完全不會錄音到製作出我們玩的memo，把一首首歌從無到有的編織出來並練到能上台演出。從小河岸open Jam 到Legacy、香港等地方演出，這之中我學到了太多。

前前後後算起來應該有六年了輕晨電，我從來沒有審視過輕晨電之於我的意義，寫出這篇文章的當下是我第一次思考這些。六年轉眼間真的很快，終於懂老一輩的人說時間過好快的感覺，我不確定現在的我能否對於六年前的自己有所交待。倘讓我再選擇一次的話我還是會做一樣的選擇，哪天我老了這些都會是非常珍貴且有趣的回憶吧。

記得有一次上俊哥的節目，尾聲時俊哥問了我們每個人對輕晨電有什麼夢想，記得大家的回答都懷有理想，在小巨蛋開演唱會、到國外或在海邊辦一場表演等等...輪到我時我只說了希望能繼續開心玩音樂就夠了，我似乎真的沒想過什麼遠大的抱負，或許也因為這些理想都需建立在正向的情緒上，所以我才會覺的開心的玩才是最重要的。希望輕晨電，能依然開心的玩下去。

小束

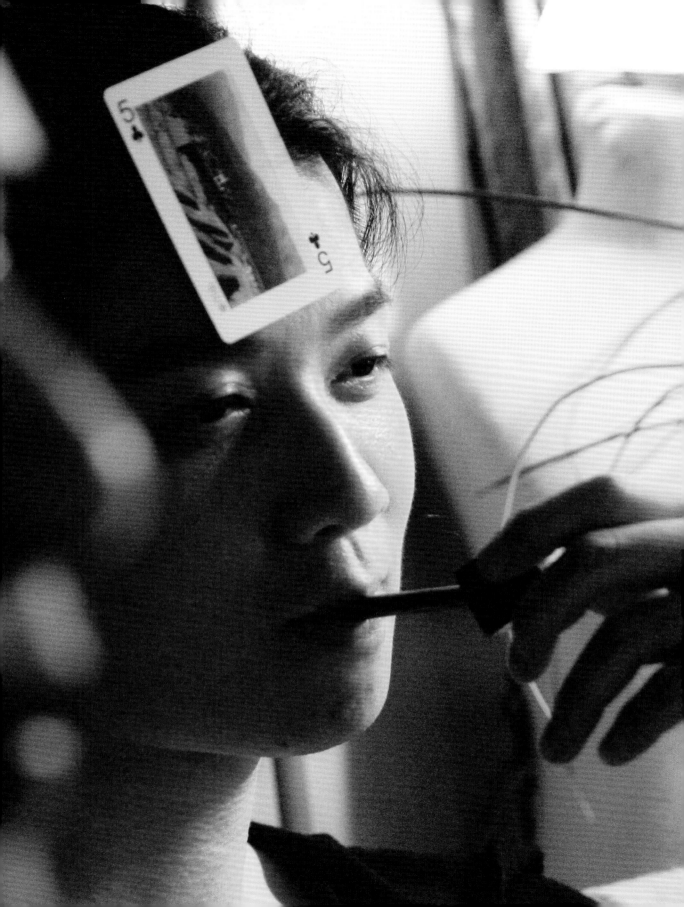

大　開

脫下黑色思考帽

我決定脫下你了，這頂黑色的思考帽子。

為的是怎麼那麼久了，怎麼不曾反駁過你。

我的本質是什麼？人的本質是什麼？在追求解答的當下，我又敗給你了，思考帽先生。20多年了，照單全收，無限放大。人的本質根本不需要被探討，可曾發現看似高尚的追逐，不過又是另一個「欲望」。而「欲望」將給你短暫的歡愉，再毀了你。於是找到原兇，是的停下太多的思想，本末倒置的陷阱，更別在過去與未來間遊蕩。

我總是想得太多，覺得這個怎麼樣，那個又怎麼樣。不做得主流、商業，就不會紅，以後就沒錢。是啊我曾經同意這個聲音，所以我戴著商業音樂的鏡片想創作，我已經喪失了創作的資格了，而這樣的體認甚至不需要透過思考，畢竟意識比心智大得太多了，停下來於是才能前進。

我自願掉入本末倒置的陷阱，當然，我當然想要樂團好，誰不希望自己的樂團更好。我從沒靜下心來聽清楚它的本意，這個看似善良的訊息，明明只是個自大、有控制欲、又脆弱的傢伙，一旦狀況在自己掌控外就無法

自動的，也是無法控制任何狀況的。
那些表面上是負面的想法固然可怕，但打
著善良名號的偽善訊息更駭人呢！

　怎麼會沒有發現呢？工作、表演的時候，
想著的還是不切實際的未來，而獨自一人也是在
過去佛徊。不想了，不該再想了！可惡，這也
是個想法，是一個被壓垮的心智，放棄的嘆息。
於是"我"說 "Alright, alright"。不否定他，也不說
可並強化他，就這麼成為一個領受的容器吧！

　　　　　　　　　　　　夏大開

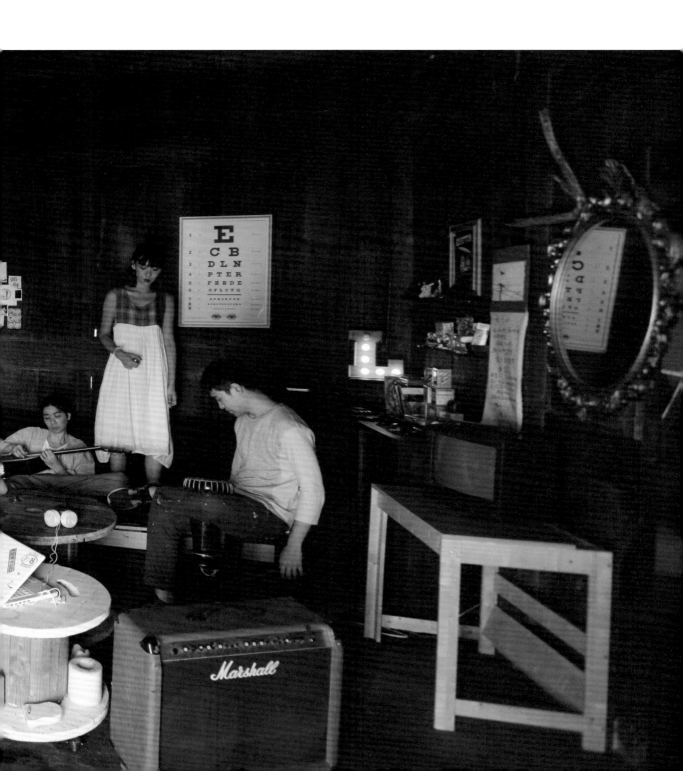

隋　玲

五個個體，一個團體，以及背後支持著我們的每一位，才有今天的我們。有的時候，要真正瞭解一個人，已經不是件容易的事了，更何況，是來自五個成長過程和環境完全不同的人，我們在找尋「輕晨電」的過程當中的確很不容易，中間經歷了來自四面八方對我們有著不同定義和評論的話語，但，我們很有默契的，繼續做著我們所喜歡以及該做的事。隨著時間，人心總是會開始思考起，現在的自己擁有了多少，以及我們所不足的是什麼，或者，對於未來那巨大而夢幻的夢想和幻想。這時就得面對著，自己本身的喜好；迎合大眾所喜歡？這時常就是身為創作者和藝術家們最時常碰到的課題，但這個關卡，難的地方在於，沒有對錯，沒有美醜，沒有好壞，只有能否被大家接受並且買單。種種事物，最重要的關鍵就是在於，有沒有屬於你自己的靈魂，那份真實與最純粹的珍貴，或許都是到了最後最容易被遺忘的。當然，「這些」也是我們一直在努力保有的，即使在保有和捍取的過程中，總是會遇到一些小事故，像是卡車擦撞了腳踏車那樣？哈。　　發生了意外之後，受傷的撞傷的骨折的，總得還是再站起來，只是，那些事故的陰影和後遺症多少都還是會存在著，但，所謂的生命和生存，就是即便我們只剩下了最後一口氣，我們都還是會用盡力量去呼吸，因為你知道，未來充滿了無限可能，所以，怎麼能允許現在的自己就這樣放棄了那口氣？　　重生之後，我們將會看見及學習到該如何使自己的雙腳站的更穩，彼此更知道如何帶著那份愛繼續相互服持的走下去，對於未來，我們只知道我們更清楚該怎麼讓自己所堅持的那份力量和能量繼續傳遞出去，希望能讓愛旅行的我們，也一起把音樂帶到更多的地方，畢竟，世界之大，人類之渺小，人生就這麼一次，我們將更珍惜我們所擁有的那份「純粹」、「真實」的能量，繼續踏出屬於「輕晨電」的下一步。

6Y3N
TALK

1. 契機

隋玲:

還記得我高中剛畢業 18 歲時加入伊林，一直到現在也 26 了，剛開始是模特兒，走台步走秀、展示商品，還去過購物台當模特兒。那時幫我們上台步課的老師就是現在我們的經紀人咪姊。咪姊隨口問我會不會唱歌，我也沒有閃躲直接說會，因為我很喜歡唱歌，後來就加入了。她說我的聲音有蠻強的辨識度，有一點沙沙的。

小英:

我則是徵選進來的，原本做場和接案子是收入來源。那時公司跟我說只要樂團還沒出道，還是可以用自己的名義在外面接案子，所以即使進入輕晨電，我還是跟幾個樂團一起做音樂，一直到現在輕晨電出道，我就專心跟輕晨電一起。（淡定）

隋玲:

還好我的定位本來就不是那種比賽型的歌手，不需跟別人比什麼鐵肺。加入輕晨電後，我廣告模特兒的案子就開始接得比較少、秀商品的工作也沒有再做了，因為我不是高個子，女生身高 175 以上，走秀機會較多。加上我是戲劇系畢業，又比較喜歡表演的工作，所以我蠻喜歡後來這樣的安排。

小英:

以豪也跟你一樣先進來伊林，也是身高在走秀這方面不夠高，加上又會彈木吉他，所以被咪姊找進來。

隋玲:

咪姊說你面試的時候比現在慵懶一半，一手插口袋一手彈琴，當下很多評審都懷疑你是否正常，怕你之後太另類，很難控制。

小英:

（依然非常淡定）據說當初公司要組團的想法單純跟天真，他們剛從模特兒經紀變成伊林娛樂，覺得名模熱差不多了，想要有自己的藝人，又看到身邊樂團都自己做壓片、賣票、設計……誤以為這是一件簡單的事情，而且組團還能一次帶很多個藝人，像 SMAP 還有五月天都是成名之後各有各的發展，非常一舉數得。

隋玲:

孟書被選進來蠻有趣的，因為咪姊當初心中設定的貝斯手就是女生，因為她覺得女貝斯手好帥！剛好孟書是唯一一個應徵的女貝斯手，所以咪姊就覺得：就是妳了！

小英:

大開是我們的第二任鼓手，當時他跟另一個男生在競爭這個位子，那一位是白白瘦瘦很清秀又留著馬桶蓋頭的男生，兩個都有跟我們試打過。但後來公司選大開是因為他有比較多音樂和組團經歷，配上我們原來的組合，會讓樂團平衡一點。所以我們的成員就到齊了。公司從 2009 年開始談這件事情，一個一個把人找進來，直到 2011 年輕晨電才正式成立。

2. 一個人與五個人

隋玲:

你應該看得出來我不是一個很會社交的人，也不是陽光活潑型的人，所以要我一個人熟悉陌生環境比較困難，五個人一起就比較簡單舒適，這部份我還是要成長。不過像大學時學劇場、寫劇本，那時就特別喜歡跟一群人合力創作一個作品的感覺，因為這不是一個人能做到的事。

小英:

我覺得大家一起做什麼都很開心，只要內部沒有衝突。比如在〈我們背對著青春〉中「我們持續聽著」這句的進歌點，妳唱錯的機率大概有三成，有次跨年妳又慢了一拍，但全部團員竟然很有默契地一起等妳（充滿一種複雜又欣慰的表情），所以觀眾應該聽不出來，甚至會以為少一拍是故意的。雖然這有運氣的成分在，但還是覺得很開心，因為大家都知道妳可能會錯，就先有心理準備，這種默契都是一場一場表演磨出來的。

隋玲:

我小時候很想參加合唱團，但老師總是選不上我，國中參加歌唱比賽也只得第三名，又從來沒有學過音樂。所以能開始創作、唱自己的歌都是因為碰到你們才知道自己也能做，所以我很珍惜跟你們一起做音樂的機會。

3. 團名

小英:

妳還有沒有印象，團名本來是公司要想，但公司想出來的都很糟糕（露出一種奇特的笑容），我記得以豪還去書店翻書，想找些比較詩意的名字，也都沒找到。後來咪姊有

天就說她取好了，那時我們就擔心咪姊又取什麼特別的名字出來，有點害怕。

隋玲：
對，更早不是還取了一個「十床」嗎？

小英：
沒錯，這就是害怕的原因，之前她曾想過兩個名字：第一個「十（石床）」是因為伊林就是 1 跟 0，那 1 跟 0 加起來就是數字十，而「石床」這個字是一個異型字，比較詩意，代表一個 base 一個根基，但 ..... 嗯（無言）；過了幾天咪姊又把這名字改為「十囀」，囀就是代表歌唱的意思，她很想創造一種特殊的意境 .....（再次無言）所以過一兩個月都找不到合適的名字，當她說又想到名字的時候我們都嚇死了！可是一說出「輕晨電」這三個字，大家就覺得很不錯！可能她前面兩次在鋪梗，故意讓我們可以接受現在這個吧！

隋玲：
其實「輕晨電」這名字是從英文 "Morning Call" 翻過來的。那時我們已經產出一些歌了，咪姊聽到後也覺得我們適合這種有一點電的曲風，一方面也是符合伊林時尚的形象，希望我們的音樂是輕輕的，好像早上聽的音樂，於是就決定叫 "Morning Call"。

小英：
後來我們要開始做 T-Shirt 時，設計師隨口說：那你們就叫做「晨電」好了（淺笑），它同時有「早晨的電話」跟「早晨的電子樂」兩種涵義，加上那時我一直跟咪姊說，樂團名最好取三字，如果取兩個字，大家就會自己把它念成「xx 樂隊」或「xx 樂團」，比較繞口，所以後來就加上輕輕的輕，變成「輕晨電」。

4. 風格

小英：
回想起來，一開始我像是主導輕晨電音樂調性的人，因為我是唯一對樂器比較熟的（表情低調），但後來大家都全部一起下去玩音樂，所以《夢的不正常延伸》這張迷你專輯就是我們五個人跟製作人一起玩出來的。

隋玲：
對啊，我們都是亂玩，只是剛好大家的音樂風格蠻貼近，聚集在一起就慢慢走向現在這種風格，沒有特別設定。

小英：
我們一開始真的沒有以市場為導向，也沒想太多就開始做，很幸運的做出這種音樂反應還不錯，市場上也不至於太氾濫，普遍評價還不錯。後來做出《夢的不正常延伸》，整體風格聽起來很一致，真的要感謝製作人老王，他真的幫很多忙。（遠目）

隋玲：
對，他很堅持一些細節，比如在錄音的時候他其實可以用代彈的方式，但是他不想這樣做，還是堅持要我們自己彈自己唱。

小英：
我是最先錄完的，一般是鼓會先錄，但我們團是我 keyboard 打底的部分先錄完，再錄鼓、再 bass、吉他、主唱。他把每一首單曲的風格平衡起來，整張專輯聽起來一氣呵成

CH2 以豪、孟書、小英

1. 樂團初期

以豪：
我印象很深刻，當時公司組團像在實現一個夢想，因為公司從來沒有做過類似的事，很多人心中都充滿問號。我是因為受不了老是在家裡等試鏡、跟我媽媽大眼瞪小眼的被動狀態，所以當公司說要組團、詢問會樂器的人時，我就跟公司說我會彈木吉他，讓我試試看。那時我知道自己彈不好，試彈〈稻香〉時還在口袋裡放一把米，覺得應該會有點幫助。第一次徵選時公司選了五個人，最後只剩下我一個人留下來，咪姊還說好有先把我談進來，她才會堅持做第二次徵選，把其他人陸續找好，她說她是一個堅持到底的人，要嘛不做嘛就要做出個交代，不喜歡半途而廢或是半吊子。之後才慢慢找進小英、孟書、隋玲，也找甜梅號鼓手吳孟諺作我們的製作人，從那時開始練團、唱口水歌、上一些課。

孟書：
練團那段時間是我的反抗期，我很喜歡跟小英作對！

以豪：
對啊那時你們兩個很煩，老是搞對立，我就在想說你們是在交往嗎？心裡常有 OS：請勿在團裡搞愛情故事。

孟書：

因為當有人一副嚴師的樣子，我就很想挑戰他，而且他常像一顆老樹站在那裡，我就很想戳一下。

以豪：

小英那時已經很強了，因為他玩很久，而且都是跟會玩的人一起。突然被丟進一堆不太會彈吉他的人裡面，我可以想像他的痛苦，也難怪會脾氣很差。還記得那時的確常有摩擦，每次練團壓力都大到爆錶，加上我們製作人也很嚴格，是一個不苟言笑的人，你根本看不出他的心情是什麼，所以每天都很害怕。

孟書：

唉唷，我那時候就很ㄎㄧㄤ，有幾次小英被我挑戰到爆發，超可怕的，因為他是那種不生氣時很穩定，一生氣起來超恐怖的人。

以豪：

現在想起來每個人都改變好多，可能是磨合過了，知道彼此的底線在哪裡，也知道這個人大概就是那樣。

孟書：

嗯，我覺得那時最困難的是，完全不知道下一步在哪裡，因為一開始我們唱別人的歌，到後來才有自己的創作，很像無頭蒼蠅，不知該往哪裡去。一直到有人提議說不如把自己的創作放到 StreetVoice，然後也去小河岸留言演出看看，才終於有個小小的起頭。

小英：

當時每個月製作人會開一首歌給我們練，我跟孟書是聽了就會彈，但製作人會把其他比較不熟的人教到會，也會在練團室看我們每個人的狀況，非常用心。

以豪：

那時真的有很多困難，比如我沒有玩過電吉他，還得先去買效果器，接觸從來沒有接觸的東西，整個團隊又有許多曲折的過程：從有方向到沒方向的低潮，接著又出現新方向……就這樣反反覆覆，甚至中間還一度要發片，真的還好沒有發出去。

孟書：

對，連衣服都做好了耶！

以豪：

我就一直在心裡祈求說拜託別發片，千萬別發。而且那時我們的創作能量趨近於零，真的還好最後沒做。

小英：

孟諺那時把四首歌都做出來，本來要用那四首歌發片，但也不知為何停下來，公司沒說為什麼，我們也沒人敢問，只說希望我們能做一些自己的歌。我想想也好，不如就來試試看自己做歌吧。

以豪：

話說回來當時我們幾個人目標不一致，我跟隋玲本來先進伊林有模特兒工作，但其他人是為了樂團才進來。這麼多年下來經歷各式各樣的磨合、調整，現在終於有一點成績了。

2. 狀態與表現

小英：

我記得我們的第一場演出是伊林的尾牙，那次的音控是孟諺，孟諺超擔心我們會把場子搞砸。

以豪：

我們是唱那首 "Maria" 嗎？

小英：

對，那時我們還沒有自己的歌，所以就唱那首在韓國很紅的 "Maria"。

孟書：

還有一首王菲的〈光之翼〉！

以豪：

喔，天啊。

小英：

對，都很難唱，反正那次表演有點糟（又淺笑）。雖然公司的人都鼓勵我們說：「很好啊，不錯啊。」但其實我們私底下都知道：該破音的地方有破音、該彈錯的地方有彈錯，我們還為破音開了一個檢討會，最後的結論是：「我們在開玩笑嗎？」

以豪：

還好我記憶力不是很好，這種事情不要記得比較好。

小英：

這些都是過程，還是很謝謝孟諺這樣帶我們。雖然後來決定不發行、孟諺也沒有再跟我們一起了。我覺得我們能持

續下來是因為大家都不是想太多的人，雖然當時沒有明確目標，倒也沒有人擔心未來要賭好幾年下去，或者煩惱到底要不要賭，可能因為個性，也因為大家都還年輕，覺得失敗就算了。

隋玲：
那時我才 18 歲。

孟書：
我 20 ！

小英：
我 26。

以豪：
我大概 23 吧。

小英：
孟諺離開後對我來說最困難的地方是我得去學錄音，因為當時的狀況，公司還沒有太多經費給我們去錄音室，我們要自己想辦法把一首曲子生出來，從不會摸到會。

以豪：
沒錯，你那時候無論是做場或是在別的團裡，可能都是動最少的人，但來到我們團之後反而變成動最多的人。

小英：
對，從以前玩團開始，我在團裡面雖不是最弱，但一定是最廢的（正經），因為我只要花一半的力氣就能練。但到輕晨電之後就完全沒辦法，真是現世報。

孟書：
哈哈，活該！

小英：
（還是很正經）當時聽到伊林要成立一個團，勢必要走一些比較視覺的東西，雖然好像跟我的風格不太一樣，但因為我做場已經彈很膩了，就想試試看，至少比平穩做同樣的事情來得好。因為做場同一首歌可能已經彈了不下一千次，都已經知道每首歌彈到哪裡聽眾會有什麼反應。以豪說他在公司彈的第一首歌是〈稻香〉，我是謝金燕的〈姊姊〉，大家聽到時都超驚訝的。

3. 期望被感受與理解的部分

以豪：
你會很重視歌迷聽到我們音樂的感覺嗎？我會，我很希望聽眾能聽到歌曲要表達的東西。但因為我有很多時間在拍戲，能參與的部分不夠多、給的意見也不夠多，以至於一開始在表演時好像在傳達一個不屬於我的東西。比如我們的作品比較偏電子音樂，要彈的東西就比較簡單，所以有時我刷吉他刷得很爽時，小英就會馬上說：「不行，這不屬於我們的曲風，我們的編曲要比較簡單。」當下我就覺得我好像只是在做一件事情，而不是在說一個故事。

但後來我有次去看輕晨電粉專的私訊，看大家的 feedback，有些人竟然說他們在考試、熬夜的時候會聽我們的歌。那時我才真正覺得別人是有收到我們音樂的，於是我才開始用不同的想法來看我在做的事。

小英：
我自己則沒有預設音樂要帶給大家什麼，但如果我的音樂能對聽的人當下起一些作用，不管是開心還是感動，我都覺得很好。（溫厚貌）

以豪：
對，不管我彈得多 high 或多花俏，重點是在他有沒有收到。

小英：
就算他當下覺得很難聽，能把我們的音樂當作一種發洩也很好。

孟書：
哈哈哈，哇！

小英：
我記得有件印象深刻的事，有個外國人寫一封信到我們臉書私訊，他說他爸爸今年過世了，然後又被女朋友背叛，因為這些事情的打擊他開始吸毒，甚至本來想要自殺，但後來聽到我們 "Fine" 這首歌就覺得好多了，打消自殺的念頭。所以他想跟我們說謝謝。而且他說他後來交了一個新女友，也開始學中文，希望有一天可以來台灣。我看到這封信時就覺得：真的從來沒想過自己的音樂可以帶給別人這麼大的影響。

以豪：
對啊，不管這首歌是影響到一個人或兩個人，或許它沒有

那麼厲害，但是這樣就很足夠了。以前我不習慣別人一直看我，總想躲在小英後面，後來發現既然大家能從我們的音樂中得到力量，我就乾脆放開來做自己，我想這是作藝人最有意義的事情，能讓觀眾從表演中得到愛，得到好的影響，那種感覺勝過別人說你很會拍戲、拍照拍得很好看。

孟書：
我覺得我們的音樂是：「平和之中帶有蠢蠢欲動的渴望」，我自己在彈的時候覺得裡面有一點矛盾、有一點融合，我希望聽眾在聽的時候可以享受一下這種狀態，嗯，很難形容那種感覺。

以豪：
因為我們的個性都太不衝了，除了大開之外。

孟書：
哈哈哈！

以豪：
我們音樂呈現出來就是很飄、一種很舒服的氛圍，這跟大家的本性有很大的關係。像我就想把要說的話唱出來，可以表達內心的事情。現在才發現唱歌真的好重要，所以我覺得輕晨電可以多元一點、有更多東西可以分享。

孟書：
也許大開可以平衡一點這種感覺，他有次就說：「如果妳不只是講蠢蠢欲動而是講渴望，那麼妳就要往更深處去挖掘，要讓音樂更往中間靠攏一點，不能站在那麼邊邊。」他說他太直接我們太飄渺。這東西需要中和。

CH3 以豪、孟書、小英、大開、隋玲

1. 如果沒有遇見彼此 ———————

孟書：
回想我每個人生階段都在做不同的事耶，有時是學音樂練樂器，有時是專心念書，高中之後則變得比較愛翹課、愛玩，不喜歡單純念書。接著接觸電影、戲劇相關領域，大學念台北藝術大學，開始朝藝術方向前進。所以我沒什麼固定的夢想、也沒有特別的規劃，我以前甚至還想過當賽車手哩！唯一可以確定的是，我知道自己一直在往喜歡的方向走。

隋玲：
我沒有很多一技之長，只喜歡唱歌、寫寫東西、畫畫，加上以前也不知道自己能創作、沒有認真學過什麼東西，所以長大只懂得去做從小就喜歡的事情。

以豪：
如果沒有加入伊林，我應該會去廣告或動畫公司上班吧。我以前是視覺傳達設計系畢業的，但我對台灣的設計界感到失望，而且聽同學講起動畫領域的現況也有點令人沮喪，所以我很慶幸自己找到現在這條路，也有一點成績。

隋玲：
但我真正的夢想是作一個藝術家、畫家，或者到處旅行。但這前提是要有錢！所以就腳踏實地慢慢來吧，希望以後可以辦一個畫展。

以豪：
說到小時候，我國中填志願根本不知道要填什麼，看同學都填建中，我也不知道建中是第一志願，壓根不關心社會上的事；高中上大學時也不懂，每天只過著看漫畫、不知道在幹嘛的日子、對未來更是充滿問號。所以即使現在工作充滿壓力，我還是很喜歡，因為這個工作讓我得到很多、也開始有了夢想，不用再照著別人的計劃走，而且交到很多好朋友！

小英：
我沒什麼夢想，大部分都是走一步算一步。我 16 歲開始玩樂器、18 歲有第一個團，所以如果沒有進輕晨電應該還是會做音樂，只是不一定是正職工作。我以前在東森新聞網路部工作，會用一些像 Photoshop 的繪圖軟體工作，所以也許會繼續走這條路，或是去澳門或馬來西亞做場。澳門那裡簽約通常是簽一季或半年、每天工作四小時、每個禮拜日放假。雖然很無聊但是很穩定，而且在那邊又花不到什麼錢又食宿全包，會是我的一個選擇。

大開：
我應該也是會玩團、累積粉絲吧，雖然我一直以來都在補英文，讀的科系也是應用外語、又教過兒童美語，所以應該會去教英文。但真正想做的還是音樂。

以豪：
以前我幻想自己應該穿著西裝去工作，因為爸爸就是那樣的形象，所以念書時染頭髮爸爸也會不准，說那是藝人在做的事。因此跟伊林簽約的時候家人也是一再要我三思，

很苦惱的樣子。但我想反正大不了最後就是再回去上班。我告訴自己船到橋頭自然直。但我心裡卻一直有個堅定的感覺是：這麼做沒錯，我一定可以拍廣告拍戲，我覺得我會紅。雖然不知道自己能不能接受紅了之後的生活，蠻欠揍的。但那就是一種感覺。

後來入行後，一開始雖然廣告拍得很多，但是卻賺得不多，在公司什麼都做。因為我 180 的身高在公司算是不高，所以也接不到甚麼走秀的案子，但偏偏又一直發我去試鏡我就會惱羞成怒，明知道我不會被選上幹嘛叫我去？所以到後來我就覺得不行，我一定要當藝人，因為不想要一直被嫌，一下被嫌太矮、一下又被嫌太瘦 ..... 我只想要做「劉以豪」。

CH4 以豪、大開、隋玲

1. 創作方式與靈感

隋玲：
說也奇妙，我們五個人的創作方式好像都差不多。剛開始大家會在練團室，可能某個旋律或是某首歌的主題、主架構出來之後，我就用這首歌帶給我的感覺下去寫詞，有時我也會參與曲的部分，比如有人彈吉他，我就會哼旋律，然後把它錄下來。

以豪：
我都是亂哼。記得以前騎摩托車的時候，還會把手機夾在安全帽側邊，然後邊騎邊哼，結果有次我想找手機，東摸西摸都找不到，還以為手機不見了，結果是夾在安全帽裡，而且還正在錄音中，哈哈！

大開：
我也是用哼歌的或是用樂器，其實就是隨興 ..... 我比較常從人際關係找到靈感，因為我是比較壓抑的人，所以會說出一些比較負面的話，但創作時反而會寫一些比較芭樂的東西。所以我的創作跟個性都有點矛盾，有時比較芭樂、比較通俗、討人喜歡，但又有時又很討人厭 .....。

以豪：
我平常喜歡英式搖滾，Travis 這類的音樂，聽得蠻廣泛的，我們的音樂也剛好包含了很多元素，比如有點電、有原住民、還有民謠的感覺，加上一點呢喃。所以當我靈感來了就會趕快按錄音，有時是在洗澡或是拍戲中間上廁所時，我猜劇組的人會覺得：「這人到底在幹嘛？」但這就是最快的方式啊，錄下來後我便會傳給小英或傳到群組裡

給大家改，更改率超高的，哈哈哈！總之靈感就是從生活各層面抓出來，很 freestyle，我想這方面大開就厲害了。

大開：
我現在是團裡最廢的 .....。

以豪：
你這樣叫廢，那我怎麼辦？

大開：
我還是希望可以創作那種琅琅上口一點，旋律能讓人很快就記下來的音樂 ..... 現在我是一種心理廢的狀態。

2. 瓶頸與排解

隋玲：
你知道嗎，我不是那種會利用具體事物闡述事情的人，所以我的寫詞瓶頸是還沒有抓到更貼近人心的東西。我常使用許多比喻，但已經被咪姊唸過不要老是寫那種太過飄渺的東西、會讓人進不去。其實這是因為我通常在心情不好的時候創作，為了不讓作品顯得那麼灰暗，才會用那麼多比喻。所以從初期自在、快樂的創作時期到現在，要開始面對一些障礙了。

以豪：
當妳需要轉型或變得更深入時就會有不習慣的感覺。

隋玲：
對，這真的很難，因為創作者有時會無法說服自己。其實輕晨電現在也處在瓶頸裡，有點缺乏熱情與動力，卡在那邊。但我曾跟大開創作了一首歌就有點翻轉之前過於灰暗的東西，比較正向陽光。我覺得大開有時候是一個很正向的人，這樣很好，才能帶給自己更多光芒與動力。

大開：
表演若有熱情就很爽，可以把熱力跟渲染力帶給觀眾超棒的！可是練團或創作就比較卡關，因為你創作出來的東西若不能對應到市場生態，就會連貫不起來。

以豪：
奇怪，大家一起玩樂都沒有問題。

隋玲：
對啊，大家一起出去玩、嘻嘻哈哈都沒有問題，但若走到創作或討論下一步方向就會卡住。

大開：

不過……總覺得團員之間有種說不上來的默契，很難用說話去表達。不太能夠解釋。雖然人跟人相處久了會產生某種成見，然後你會開始戴上某種濾鏡，但當很有默契的時刻來到，就會覺得那濾鏡是不存在的……擺脫了一種時間上的束縛，當下不會意識到時間這回事，總之很契合……我希望大家相處在一起可以完全沒有偏見。

以豪：

大開會想比較多，你會想到市場、種種，然後做很芭樂、符合市場的東西，試圖改變輕晨電的音樂風格。但是立場不一樣，想法就不一樣。我覺得我像一條線牽著大家，真的很像「調解委員會」，沒有特別意識到這件事，我就是會習慣隨著事情的發展走，自然會發現一個地方適合我去待著、去做，比如當我看到誰跟誰有衝突時，我就會自己去做一些事情，或去傳達一些想法。因為每個人都有他想做的事跟他努力的地方，只是有不同面向，我常常會跳出來看這些事情。因為我本來就是一個很敏感的人，這樣有好有壞，比如說在工作上就會很綁手綁腳，因為你會很在意工作人員的各種心情和狀態，好累喔，別人一個表情就會讓我想很多，但他可能只是在煩惱他自己的問題，我就會以為是不是自己哪裡沒做好。有時我真想把這一切關掉，不然我無法做我想做的事情。

隋玲：

我們團很特別，成軍五年後才碰到問題，很多團是創團當初就會遇到這些磨合或創作的問題，但我們反而是在巡迴演出後才發生。溝通真的很重要，像我以前在排戲的時候，如果演員之間沒有真心接受對方，只是別人要你做什麼你就做，那整個表演出來會很不一樣，觀眾也會看得出來，樂團也是這樣。

大開：

我們內在本質是接近的，但我太衝動了，我的腦袋常沒完沒了的，其實讓想法靜下來蠻重要的……所以我喜歡打電動，這時就不會想太多事情。

以豪：

樂團比較不容易，因為每個人都有自己的想法，且每個人成長背景都不一樣，要融合在一起本就很不容易。況且大家都想往前走，如果說只是學生時代好玩就算了，但你處在現實中，還有賺不賺錢、紅不紅的因素跑進來就會影響很多層面。

隋玲：

其實我是一個很討厭爭吵衝突的人，尤其在一個團體裡。像我以前在劇場，演員跟演員間若看不順眼，做導演的一定要下來和解。所以我會約演員出來吃飯讓大家把話講開。因為你們兩個不爽但大家還是要繼續工作，氣氛會很尷尬，所以一定要講開。我自己是屬於吵完、講過了就不會再管的人，因為我沒辦法改變對方，那麼我們就各退一步，我會軟化一點，試著接受你這個人，找到相處的方式。

3. 生活中的音樂元素

大開：

我雖然年紀比較小，但是很早就開始玩團，國中 13 歲時認識一個彈吉他的麻吉，兩個人就開始彈，到高中組了一些為期 1 年到 3 年的團，有放克、龐克、流行元素……等等。

隋玲：

我比較喜歡有點電、有點化學感、一種麻麻的樂風，輕晨電也一直都有點迷幻加上一點噪音風。

以豪：

我都聽輕輕飄飄的音樂。

大開：

以莉高露！

以豪：

對，我到山上都聽以莉高露或宋冬野，我喜歡比較純淨的音樂，peaceful 的感覺。我喜歡去山上就是因為想要放空，因為有時覺得自己太躁、工作壓力太大、總覺得有事要做……其實拍戲之後我每天都拉肚子，但後來開始靜坐之後就比較好，時時提醒自己要慢下來。以前去健身房都聽 Hip Hop 或是 Big Band 很吵很 high 的音樂，但現在去健身房反而是聽緩慢的音樂。我覺得慢下來很重要，不然把自己操爆什麼都沒有了。

大開：

我以前有幾個比較常聽的團，比如我以前很迷 Coldplay、殺手樂隊，覺得他們很 catchy，音樂會一直在我腦裡轉。但自從我用 Spotify 之後，就變成點進去直接開 indie rock，然後暫停創作、讓自己空掉、浸在裡面一直聽，因為有時覺得自己的靈魂太膚淺了……等到我聽到很痛苦時再開 Hip Hop 饒舌樂，加強自己的節奏感。所以我看起來好像沒事，但其實腦袋跟心裡都充滿壓力……。

CH5 小英、大開

1. 差異與理解 ————————————

小英：
很多人一開始認識你時會以為你很陽光，但慢慢相處後就知道不是這樣。

大開：
嗯 ..... 有一段時間我很衝 ..... 有次跟你約練團室一天可以創造出 3、4 首很有重點的 DEMO 出來，但傳到群組之後，大家又覺得太直接、太超過或太重。所以我本來是一個很隨和的人，但在音樂上被你們刁，變得抗爭得很激烈 ..... 不過當我被逼到某個點之後，又會開始變得很隨和 ..... 所以後來有人傳來我完全無感的音樂，我也會說：帥！做！你要怎樣我都 OK ！

小英：
你其實有為樂團帶來不一樣的感覺，之前的鼓手比你更悶，以前輕晨電是不太說話的，但你進來之後很會耍寶，講的笑話都可以戳到另外兩個女生的笑點。

大開：
可能要看這時的我是陽光版的還是暗黑版的 ..... 隋玲會知道我一些奇怪的笑點，她會跟著我笑。讓我有一種被理解的感覺。

小英：
隋玲是那種心裡想很多的人，她有她自己的故事，是一個情緒很多但是說得很少的人。

大開：
有一次在海邊的卡夫卡演出，咪姊私底下做了一支影片送給我們，包含隋玲第一次試唱的影片、我第一次試打鼓的影片，原本咪姊期待我們看完影片很感動，結果那天放完影片之後，隋玲竟然只有淡淡說了一句：下一首是 .....。

小英：
她是心裡有太多感覺了，也許一說話就會哭，所以決定用一種冷漠掩蓋。

大開：
對 ..... 她好幾次都在表演時哭，有一次我還問她：妳確定要現在哭嗎？她很敏感也很纖細，常常覺得何德何能唱歌給大家聽 .....。

小英：
以豪的個性則是穩定型的，有些事咪姊會找他商量，他會用比較圓融的態度講些中肯的看法。

大開：
嗯 ..... 我的態度好像就會讓團裡的氣場怪怪的，因為我有時真的比較激烈。不過我雖然常跟孟書吵架，但吵完很快就沒事了。孟書的個性很像小男生，我跟她很像哥兒們、講話很直，但吵完沒有特別溝通，直接在群組裡講講話，自然就好了。

2. 爭執、掙扎或妥協 ————————————

小英：
我們大家都看得出來，你跟孟書在音樂的意見比較不同，不喜歡對方做的東西。但是如果你做出來的歌她不想唱、她做出來的東西你不想打，那就會有很大的問題。

大開：
對 ..... 她說有次她在玩自己的貝斯，我用浮誇的表情跟她說：妳剛剛彈的那是認真的嗎，然後問完就離開練團室，那次她就有點被刺激到 ..... 我們常覺得彼此怎麼都講不通，吵到最後還會丟嗆聲的話，比如：謝謝妳的指教，超幼稚 ..... 我知道這種指教不太能讓人成長。

小英：
總之我先讓你們自己磨磨看，如果你們要生出歌來的期限到了還沒完成，我就自己拉回來做。

大開：
你一直是一個充滿威嚴的角色 ..... 其實我很感謝你們把我壓下去，讓我喪失自我，這樣才有機會重新歸零 ..... 我知道我不夠強所以才需要這樣磨練。

小英：
其實每個團都有問題，我不覺得這有什麼嚴重（慈父貌），因為它只是一個過程。而且當很多事情正式浮上檯面之後，歧見才會跑出來。也就是說如果兩三年前我們就出道，歧見也會在那時產生。

大開：
我的創作比較直接、口語，希望跟聽眾沒有隔閡，可能因為自己的樂器是節奏的吧 ..... 所以希望別人一聽就進到節奏裡，就是一種天然的陽剛，想要吶喊的感覺 ..... 我不要做那種有太多投射的東西，我想要單純的音樂。

小英：

就先這樣順著大家各自想要的方式玩下去，總之人的問題先解決了，其他的事情就會解決。（有 Guts）

3. 改變？

小英：

有人問過我要不要改變輕晨電的定位，其實我沒有想過要改變定位，但會希望你們每人可以完成獨立的曲子（嚴師貌出現）。我希望隋玲可以去彈點合成器的東西，或者孟書用合成器來彈 bass，都可以試看看，不用拘泥在現在彈的樂器。像你不是就有買一些工具，讓鼓打下去出來會是電子鼓聲音的東西，作一些嘗試。

大開：

我其實很喜歡《夢的不正常延伸》這張專輯，有一陣子我把它聽膩之後就丟在一邊很久沒聽，但隔了一段時間我用比較好的耳機從頭到尾靜靜複習一次，真的很驚訝這張專輯的製作這麼厲害……如果你用環繞音效模式下去聽就會覺得它像五個樂手站在現場不同角度演奏……這也是要歸功製作人當初把我們刁到不成人形。

小英：

在最早你還沒進來時我編曲只照我想要的，但後來當時的製作人孟諺就跟我說一個觀念：「你的音樂最強，武器最多，要讓沒那麼強的人先做，最後你再把它填滿。」練團時我會少彈些讓其他人發揮，再去想怎麼補不足的部分。所以無論怎樣，定位都是要大家一起做出來的。

大開：

我加入三年，一開始進來覺得輕晨電的風格很輕飄，但後來發現只有 "FINE" 是在那個曲風象限裡，其他都跑到抒情搖滾、民謠曲風裡，變成不是科技取向，而是比較情感表露的……不過這也是我喜歡的類型，因為我喜歡感染力強的音樂，也跟隋玲一樣喜歡節奏重一點的，我們後來一起創作〈聲體〉這首歌，就很酷。

4. 最不可能與最不妥協的部分

小英：

我從以前就做過很多場子，所以在音樂風格上是可以妥協的，要我彈多芭樂都可以，但如果要我彈一些不開心的歌我真的彈不下去，所謂不開心不是指難聽，而是團裡有人吵架。那就像馬克思的唯物論（認真）：當你在使用一個東西的時候，那個東西也在習慣被你使用，是相對的，所

以即使觀眾不知道我們五個人今天的狀況怎樣，它也會從音樂裡表現出來。樂句一樣，但彈的狀態不同就會產生不同感覺。

大開：

所以你跟我一起彈會不開心喔？

小英：

沒有啊，我只是在說一個狀況。

大開：

我像你一樣，可以妥協的我都可以配合，放棄心中想要的音樂就是最大的妥協，但只是一件事真的很難妥協，就是一件事行不通為何只有我看得出來？

小英：

（沉默）

大開：

但當我後來知道隊友們都是從零慢慢走到這裡，就有種感動……原來我真的太強硬了，我應該要當一個好好配合的角色。

H6 小英、隋玲

1. 自我檢驗

小英：

回想《夢的不正常延伸》的製作過程，我覺得老王蠻累的，因為他很要求，如果東西不到那個層次他就會直接崩潰、講話又很直，但他只會對我講，在別人面前他是扮白臉，在我面前則是黑臉，然後我再想辦法對當事人講。因為他知道這些話對當事人講錄音的氣氛就會不好。可是老王是對人不對事，所以我覺得還 ok（人超好的）。

隋玲：

還記得那時候大家都很喜歡老王，覺得老王好好喔，還會帶大家去吃東西，沒想到原來是這樣，真是辛苦他了。

小英：

做完《夢的不正常延伸》之後老王還跟我道歉，他覺得自己做不好、搞砸了，妳就知道他標準多高了。但我跟他說如果還有下一次，我會跟他好好溝通，不要讓他一個人承擔。其實這張專輯我應該也把自己當製作人才對，那時我太依賴老王了，但我又比他更了解這個團隊。

隋玲：

咪姊曾說過，輕晨電是走一種整體性的東西，沒有誰特別突出，但你的音樂程度還是要負責帶領大家。

小英：

輕晨電的優勢是長得好看，但危機就是音樂程度參差不齊。不過這也有好處，就是彈什麼東西都不油（講笑話自己都不笑）。與其說我在統合大家的音樂，還不如說我在統合大家的心理狀況。我希望你們不要太依賴我，只要我沒說要練團就沒有人會練，其實我不在的時候你們也可以自己編或自己練啊。還好現在有比較好了。

2. 等待進步

小英：

很多人以為做藝人、成立樂團就是要趕快紅起來，我反而不是這樣想。我覺得就慢慢來吧，沒有要很快，有時候慢慢來比馬上做到來得好。比如「那我懂你意思了」的主唱修澤曾說過他們會受到矚目是因為 MV 女主角是宋芸樺才爆紅。但爆紅之後他們反而覺得這不是他們想要的，因為很多人是因為 MV 女主角很漂亮才點進來看而不是喜歡音樂而來，我知道這種感受，所以我不想馬上變得很紅，慢慢來無所謂，就算現在有點停滯也沒關係。

隋玲：

除了大開比較新以外，我們另外四個人都是老屁股了，回想那時我們一起去司馬庫斯看神木，在那邊住了幾天，似乎有一起把感覺找回來，但要認真講到一些工作的事情就還是會有一些衝撞、各說各話的情況，就像是情侶遇到問題，而現在是冷淡期一樣。

小英：

我覺得如果以專業的角度來講，要改進的部分太多了，但是輕晨電這個團不能用職業的角度來看。而且玩團就是人跟人相處的問題，一個團最重要的是相處融洽，一融洽很多東西自然就會跑出來。然後常一起演出也有差，像當初第一年表演很密集，所以就進步很多、演奏的默契就比較好。

隋玲：

也許我們大家都要各自冷靜思考一下，等待一個時機再重新開始。

小英：

但更重要的是大家能否和平相處。大家就先寫歌，等歌出來之後，總會有方法面對。

3. 最難忘的表演

隋玲：

雖然我們後來巡演了非常多場，但我印象最深刻的還是那次去香港演出的經驗。那是我們第一次一起出國，大開喝了一點酒有點 high，所以我們就拱他出來跳舞，但感覺有點太 over 了，那次就很好笑。

小英：

我記得有一次去某科技大學，應該是剛成團出來表演的時候。我們去了才發現它雖然是大學場，但整個場子超像辦桌，所以大家都在吃飯喝酒。

隋玲：

而且台上的設備也很陽春，連 keyboard 的椅子都是那種可以疊起來的塑膠椅。

小英：

以前做場都要自己搬機器，一台機車我可以載四把琴，所以印象很深刻。但台灣跟國外不一樣，許多活動的音控不一定是專業的人士，你叫他調大聲他還不理你！

隋玲：

難怪你對這種陽春的時代充滿回憶，現在公司都會幫我們找專業音控，不用自己搬樂器或是 setting，一上台就可以開始演出，輕鬆很多。

小英：

還有公司會讓我們穿設計師的衣服，每次分衣服的時候五個人都有各自制式的印象。以豪因為有偶包（偶像包袱），所以被分到的都還是比較正常的衣服，比如西裝式的；大開雖然年紀很小但有個比較蒼老的臉，所以就會分到比較年輕的衣服；我的話，公司每次看到比較奇特的衣服就會直接分給我。以豪都會抗議我的衣服最好看，但問題是這些衣服他就是沒辦法穿（無奈）。

CH7 孟書、大開

1. 令人無奈卻可愛的部分

孟書：

你記得嗎，小英以前很喜歡畫眼線，有次我跟他講眼線要

怎麼畫，他就回我說：不要！我就是要畫這麼翹、這麼粗！哈哈。小英私底下有很可愛的一面，有時會突然笑起來毫無保留。比如之前上戲劇課他一開始又安靜地站在那邊，可是一上台瞬間發瘋，也不知道是悶騷還是有表演慾。

大開：
小英看起來雖然靜靜的，但會散發一種恐怖的氛圍，我本來會怕他但後來想說何必怕，可能我生性比較不怕死，常常習慣把事情做到極限，再來看會發生什麼事……他有時會放很特別的音樂，比如說勸世寶貝、曼谷的電音……這些，有種違和感……。

孟書：
以豪口誤很好笑，他有次把瑤池金母講成陶瓷金母，超好笑的。他私底下是一個很可愛的人，但對彈吉他沒有自信，比如有時練團時他自己在那邊彈，大家都說哇！好好聽喔，他自己反而說：真的嗎？真的有好聽喔？矇到了矇到了，哈哈，真的很妙，但我覺得他有潛意識的音樂美感。

大開：
以豪有大哥哥與劉伯伯模式切換，散發出一種年輕或蒼老感的轉換。大哥哥的時候很熱血也很柔和，充滿大器領導者的感覺，表演時就像一個大哥哥跟大家說："Have fun!"；劉伯伯模式就是一種祥和感，帶著一點潔癖還有小心翼翼的感覺、一直碎碎念，所以渡假的時候是劉伯伯模式、很會照顧團員。

孟書：
隋玲內心深似海，她很有藝術的敏銳度，像上次去露營時，她會自己一個人莫名其妙待在空曠地方。然後她笑點超低，還笑到抓住眼皮以防眼淚掉下來！

大開：
嗯……隋玲的耳朵上永遠有很多東西……。

孟書：
你的話，有時有點白目，但跟你相處起來我會覺得到底是不是我自己白目？其實你是很有才又很開朗的小男生，但有時想太多了，多到像在鬼打牆，也許這是你這個年紀會有的樣子吧。

CH8 以豪、孟書、隋玲

1. 嚮往的表演生活

隋玲：
我超喜歡以前約到以豪家練團的那段時光，他家在頂樓有個花園，我們就聚在那邊，小英彈吉他、大家亂哼，混個一下午這樣子。

以豪：
對，我很喜歡那時在我家頂樓陽台一起創作，很放鬆的感覺，還有平常一起表演的時候都蠻舒服的，也很喜歡大家在台上互相幫助救援的感覺。

孟書：
其實我們私底下相處的時間不多，不像高中的熱音社隨時玩在一起。而且大家真的很難約，好在一碰到面還是可以馬上凝聚起來。

隋玲：
可惜自從以豪比較忙之後就比較少去他家了，加上以豪是一個作息很正常的人，像我們可能都會混到一兩點才睡、隔天接近中午才起床，但是他就像老人一樣，七八點就起來吃早餐，其實我也很嚮往那種生活。

以豪：
其實我是一個很好客的人，而且平常太累了、一個人單打獨鬥，所以更珍惜一起創作這件事，它讓我很自在。尤其在有點知名度之後真的要很小心，因為恐懼感這東西會被自己放大很多倍，因為你不知道自己什麼時候會被拍到，以前大家出去吃飯，都可以隨便亂聊天，但現在一講到什麼敏感話題都要很小心地叫大家不要講，吃飯還要坐背對群眾，因為有人就可以看圖說故事。尤其現在人手一機像白色恐怖一樣，你可能只是做一件很平常的事，但就會被人家拍起來放在臉書上公開批評，而且會一直流下去。所以像前陣子我不用拍戲的空檔，我就想把大家兜在一起，帶大家出去玩，讓大家可以在巡迴的時候更有默契、更加團結。

孟書：
嗯，大家一起出去玩都蠻開心的，我也很想出國表演，而且我們是不是應該要一起去做個旅遊節目？

隋玲：
到國外演出也很好，體驗不同事物，我自己是因為家裡經濟關係很少出國，也不能到處玩，所以我渴望有一天能這麼做。不一定要去什麼國家，但就是去一個很放鬆的地

方，像以豪帶我們去山上、或開吉普車的經驗都很刺激。

以豪：

話說回來，你們有沒有一種感覺，就是潛意識知道自己會紅？

孟書：

你潛意識覺得輕晨電會紅？

以豪：

那是看你們啊不是問我。

隋玲：

我們在公司是一個很特別的存在，默默六年了，享有公司很多資源。

孟書：

對了，我想到《夢的不正常延伸》這張專輯不是四首歌嗎，當時我們還在想說要不要錄第五首，然後全部錄我們的對話，這樣就可以去報名金曲獎了，哈哈！

隋玲：

金曲獎還有唱進小巨蛋這種夢想許多人都會有，但還是要先把握眼前的東西，每個時刻都很珍貴。

以豪：

其實有種子才會開花，我們現在連種子都還在摸索，當然就不可能開花。所以，重點不在於開花，而是那個種子在哪裡。

2. 六年前後的失去與獲得

以豪：

很多藝人衡量事情的方式是看自己工作的 CP 值好不好，但對我來說加入輕晨電沒有任何失去，而是得到更多！因為我很喜歡快樂的 Fu，喜歡大家一起創造出來的音樂氛圍，一起放鬆彈樂器一起玩。而且我沒想過可以用音樂感染別人，因為我以前不是會唱歌的人，後來加入這個團就可以跟隋玲一起唱歌，躲在她的聲音下面，哈哈。

我以前是一個害怕人群的人，演戲時只要面對鏡頭還OK，但表演必須面對人群。一起玩都沒事，但如果把它當作一個課題或一個表演就很痛苦，所以我覺得用玩是最棒的。像小英在舞台就可以很自在，彈一彈還可以衝到舞台前面去，我就覺得：哇，超帥。

隋玲：

我也覺得我沒有失去什麼，唯一是跟家裡的關係變得稍微緊張一點。因為我媽覺得玩樂團對於未來謀生會比較辛苦，所以她常打給咪姊問說：妳們現在到底有什麼計畫？然後咪姊就會私底下跟我說：「妳媽最近又一直打電話給我。」而且我媽如果認識什麼人脈，還要我把資料給她，她想幫我引薦 ..... 只能說我媽比我更有衝勁。可是我總是覺得，該是妳的就是妳的。而獲得的話，我從沒想過人生中會認識這些夥伴，在工作上和成長上，你們是我生命中很重要的人。

以豪：

妳媽媽太擔心了 .....。

隋玲：

對，她太擔心了，一直擔心我現在有沒有工作，讓我壓力很大，也少了一點親密感，後來我毅然決然搬出來，關係才有變好一點。

孟書：

我覺得不知不覺就變老了 .....。

以豪：

我猜妳失去蠻多自由，不是嗎？你做過很多種工作呢。

孟書：

也還好吧，呵呵，不過之前跟建築師合作那個牙醫診所的案子，真的把我累壞了，因為還要一邊巡迴跟練團。

以豪：

所以小英再三叮嚀妳不准再接。

孟書：

對！小英一直跟我說不准再接這種案子，因為真的是忙昏頭！

以豪：

妳那時練團，有時候都要下第一個音了還在那邊接電話，而且英文之流利的 .....。

孟書：

唉唷，那時候真的蠟燭兩頭燒嘛！因為現場有狀況的時候就要處理，如果即刻沒辦法處理的話，統包商就會馬上停下來，立刻跟客戶說這是設計師的問題。有一次就很誇

張，我在台上試音，對方打電話來，我說現在沒空，你們先自己想一下辦法，然後他們就很不高興地跟客戶抱怨。那一次就很慘，一邊調貝斯又要一邊拿手機起來處理，心裡超焦慮的。

以豪：
結果是妳根本沒賺到什麼錢，因為每次都搭計程車跑來跑去，我記得那個牙醫診所在迴龍，超遠的。

孟書：
哈哈，不會啦，我一路上有你們的陪伴，也接觸到各種工作，這樣很有趣。

3. 好奇而想嘗試的事

以豪：
你們都知道我現在花很多時間拍戲，但拍戲會讓我感覺困在一個地方、被動等人來 Cue；出國工作更累，因為出國製作費消耗比較大，必須把所有事情擠在一個時間內做完，所以行程更緊密，睡眠時間也被壓縮。但表演真的很棒，因為可以到很多地方，有種傳教的感覺，沒有包袱跟拘束。我超想要到哪裡都可以表演、跟著表演生活的感覺。但不要只在台灣，因為台灣小，很容易就消耗掉了，比如說你到北部，中部歌迷就上來；到中部，北部歌迷就下去；到南部，北中南的人又通通聚在一起，到哪裡都是同一群人！所以希望可以到處跑。

孟書：
我希望可以嘗試不同的表演場地，比如車庫啊或是森林的也好⋯⋯如果能在游泳池中間、聽眾也在泳池裡，都是很棒的感官享受，如果有機會真的蠻希望能做做看。

隋玲：
我想要嘗試不同曲風。很多朋友覺得我們的歌聽起來很舒服，但需要重一點的元素，或給大家多一點衝擊。畢竟我們都不是那種很乖、很安分的人，各自有各自使壞的時候，所以應該要讓大家看到更多不同的東西，雖然我們的名字是輕晨電，一直以來都是輕輕的感覺，但我們真的不只這樣。

以豪：
說到這個，真的很感謝小英一直扮演照顧我們的角色，不只是音樂上的，還有生活上的，像我演戲需要音樂時也會找他討論。小英說他蠻希望看到妳們結婚的，還有他以前寫過一些短文，加上孟書的畫，他想做一本書冊。

孟書：
對對對，以前我們發單曲不是都會搭配一些小東西來送嗎，因為我念工業設計，所以有設計一些小東西來搭配，有時會放在咖啡店或松菸之類的，其中有一份是隋玲做的、一份是你做的。

隋玲：
我們就繼續創作，過了這磨合期應該會有不同想法。我自己的話則想要多一點試鏡的機會，像戲劇的案子我都還蠻想多嘗試的。我還想要買電腦音樂軟體，多嘗試不同的音樂類型，之前我跟孟書已經有玩過了，很想把它們做成音樂 DEMO。

孟書：
大開算是我們之中最新的團員，在他進來之後跟他的創作量還沒有很多，我蠻期待能跟他一起創作的，趕快一起完成一張完整的專輯！

以豪：
大家趕快 wake up 吧！希望小英可以很開心地玩音樂；大開火氣不要這麼大，你現在最年輕，抱持著炙熱的希望跟夢想，但要想想大家聚在一起是得來不易的事，記得，這過程沒有所謂的終點，所以不要太急；孟書請多相信自己一點、放鬆地展現自己，反應不要這麼遲鈍，大家都很喜歡妳，放鬆！隋玲，妳現在的狀態很好，希望妳可以繼續陽光下去。

孟書：
哈哈哈，你劉伯伯又上身了，劉伯伯好！

6Y3N

MUSIC

漂浪之向

詞：隋玲、孟書
曲：隋玲、孟書、小英
編曲：輕晨電
編曲協力：李詠恩

餘光盈盈的燈火後方
讓誰藏起了孤獨和愛
餘光盈盈的燈火後方
是否有艘帶我離去的船

陌生與困惑的地圖
萬里星辰中找不著 熟悉的蹤跡（痕跡）

踩著輕快步伐 踏上閃爍之路
伴隨著芬芳啊 無畏迎接
輕撫眼前飄揚 撒上絢麗果實
川流和雲煙啊 散發光芒

隋玲：
如果可以 我會把方向交給你 請你帶著我走完這趟未知路。

以豪：
走吧，也許不確定方向，也許會擔心害怕，閉上雙眼，仔細寧聽內心的聲音，其實早已踏上旅途，夢想的方舟相信你我同在。

小英：
前奏是練團時以豪偶然間彈出的，當時聽了覺得好像在看花神咖啡館，但其實我根本沒看過這部電影，這不太合邏輯的既視感讓我當下就決定要做這首歌。

大開：
這首歌富有著特殊意義，畢竟伴隨著我們的旅程，不論回憶到旅行時刻或旋律本身，都會連帶勾起另一個。

孟書：
這首歌在創作的當下，是挖掘了心裏的感受以及希望的體驗，若當一切是失控的茫然，也別遺忘了真實自己。

輕晨電《漂流之向》音樂上架平台

臺灣：iTunes、Apple Music、Spotify、KKBOX、MyMusic、Omusic、心音樂
電信平台 來電答鈴：中華電信、臺灣大哥大、亞太電信、臺灣之星、遠傳電信

大陸：蝦米音樂、網易雲音樂、酷狗跟酷我

港澳：MOOV、Soliton、JOOX

特別感謝

Poler Stuff

BLOS

Saibaba Ethnique

AM EYEWEAR

AM EYEWEAR

Planet Caravan

愛在大南澳

星生活 54
輕晨電的六年三夜

作者 輕晨電│**經紀** 伊林娛樂│**發行人** 陳韋竹│**總編輯** 嚴玉鳳│**主編** 董秉哲│**專案統籌** 曹慧如、黃怡方│**執行企畫** 盧穎儀│**影像製作** 張簡誌瑋│**文字協製** 羅山│**封面設計** Hui Kang Li│**版面構成** Hui Kang Li│**攝影** 登曼波│**攝影助理** Elmo Wu│**妝髮造型** 王怡勛（小哥）、江懿薇（薇薇）│**行銷企畫** 黃伊蘭│**印刷** 通南彩色印刷有限公司│**法律顧問** 志律法律事務所 吳志勇律師

出版 凱特文化創意股份有限公司
地址 新北市 236 土城區明德路二段 149 號 2 樓│**電話**（02）2263-3878│**傳真**（02）2263-3845│**劃撥帳號** 50026207 凱特文化創意股份有限公司│**讀者信箱** katebook2007@gmail.com│**凱特文化部落格** blog.pixnet.net/katebook│**總經銷** 大和書報圖書股份有限公司│**地址** 新北市 248 新莊區五工五路 2 號│**電話**（02）8990-2588│**傳真**（02）2299-1658

初版 2016 年 11 月│**定價** 新台幣 499 元

國家圖書館出版品預行編目資料│輕晨電的六年三夜／輕晨電 著 .
一初版 . 一新北市：凱特文化，2016.11 192 面；19×25 公分 .（星生活；54）
ISBN 978-986-93239-8-7（平裝） 855 105018017